回聲之書

負離子／著

吹鼓吹詩人叢書／02

```
thisBook::isDedicatedTo(Billy,
                        Susan,
                        Irene,
                        May,
                        Oreo);
```

台灣詩學吹鼓吹詩人叢書出版緣起

蘇紹連

　　「台灣詩學季刊雜誌社」創辦於1992年12月6日，這是台灣詩壇上一個歷史性的日子，這個日子開啟了台灣詩學時代的來臨。《台灣詩學季刊》在前後任社長向明和李瑞騰的帶領下，經歷了兩位主編白靈、蕭蕭，至2002年改版為《台灣詩學學刊》，由鄭慧如主編，以學術論文為主，附刊詩作。2003年6月11日設立「吹鼓吹詩論壇」網站，從此，一個大型的詩論壇終於在台灣誕生了。2005年9月增加《台灣詩學・吹鼓吹詩論壇》刊物，由蘇紹連主編。《台灣詩學》以雙刊物形態創詩壇之舉，同時出版學術面的評論詩學，及單純以詩為主的詩刊。

「吹鼓吹詩論壇」網站定位為新世代新勢力的網路詩社群，並以「詩腸鼓吹，吹響詩號，鼓動詩潮」十二字為論壇主旨，典出自於唐朝・馮贄《雲仙雜記・二、俗耳針砭，詩腸鼓吹》：「戴顒春日攜雙柑斗酒，人問何之，曰：『往聽黃鸝聲，此俗耳針砭，詩腸鼓吹，汝知之乎？』」因黃鸝之聲悅耳動聽，可以發人清思，激發詩興，詩興的激發必須砭去俗思，代以雅興。論壇的名稱「吹鼓吹」三字響亮，而且論壇主旨旗幟鮮明，立即驚動了網路詩界。

　　「吹鼓吹詩論壇」網站在台灣網路執詩界牛耳，詩的創作者或讀者們競相加入論壇為會員，除於論壇發表詩作、賞評回覆外，更有擔任版主者參與論壇版務的工作，一起推動論壇的輪子，繼續邁向更為寬廣的網路詩創作及交流場域。在這之中，有許多潛質優異的詩人逐漸浮現出來，他們的詩作散發耀眼的光芒，深受詩壇前輩們的矚目，諸如：鯨向海、楊佳嫻、林德俊、陳思嫻、李長青、羅浩原等人，都曾是「吹鼓吹詩論壇」的版主，他們現今已是能獨當一面的新世代頂尖詩人。

　　「吹鼓吹詩論壇」網站除了提供像是詩壇的「星光大道」或「超級偶像」發表平台，讓許多新人展現詩藝外，還把優秀詩作集結為「年度論壇詩選」於平面媒體刊登，以此

留下珍貴的網路詩歷史資料。2009年起，更進一步訂立「台灣詩學吹鼓吹詩人叢書」方案，獎勵在「吹鼓吹詩論壇」創作優異的詩人，出版其個人詩集，期與「台灣詩學」的詩學同仁們站在同一高度，此一方案幸得「秀威資訊科技有限公司」應允，而得以實現。今後，「台灣詩學季刊雜誌社」將戮力於此項方案的進行，每半年甄選一至三位台灣最優秀的新世代詩人出版其詩集，以細水長流的方式，三年、五年，甚至十年之後，這套「台灣詩學吹鼓吹詩人叢書」累計無數本詩集，將是台灣詩壇在二十一世紀最堅強最整齊的詩人叢書，也將見證台灣詩史上這段期間新世代詩人的成長及詩風的建立。

　　若此，我們的詩壇必然能夠再創現代詩的盛唐時代！讓我們殷切期待吧。

序

　　構成一座城市和其歷史的要素，小至一點點的灰燼，也
可以由其中取得人文關懷和反戰的精神——這是我在拜讀了
負離子的詩集《回聲之書》後最深刻的感覺。負離子以其敏
銳的觀察附著在城市暗處，或者大放光明的街道。讀者可以
在《回聲之書》中，隨處找到精準且毫不多餘的象徵直指的
目的。

　　第一首詩為詩集的意義開頭。季節秋天，一片葉子在擋
風玻璃上死去，更多存活著的，開始由播報員所聽見，也為
讀者所聽見；進而帶領讀者由小我的孤獨感，一頁頁地跨進
詩人逐漸成長中的整體詩觀。這在詩集卷末，以呼應卷首
的擋風玻璃上苦的素描為結束時，畫下一個更加巨大的回聲
——對於國家領導者的質疑、整個社會的變動、戰地的驚懼
……等等，詩人藉由詩句投給讀者更多的省思。

9

序

詩人無需多話，然而行動以及感官卻和萬物一起共鳴著，《回聲之書》裏的城市正在發出她和詩人的心聲。

2009年8月6日

＊山貓安琪
　　新詩、小說、散文創作曾獲台中縣文學獎新詩獎、小說首獎，林榮三文學獎小說三獎，吳濁流文藝獎，梁實秋文學獎等；新詩創作散見於報紙副刊及《乾坤詩刊》。

自序 剝落的回聲

負離子

　　這本小小的集子，收錄了我從2004年至2009年之間的81首作品。

　　整理詩稿的時候，不斷地驚異於時間在我身上細密的運作。我發現自己確切地記得每一首詩創作當時的生活片段、身邊進行中的事件和對話。我清楚記得某個字眼改動的思路，或是某兩個段落對調的緣由。五年下來所累積的文字，彷彿取自我的基因所培養而成的複製人般，再熟悉不過，卻令人難以置信。

　　而這些詩作，多數已經被擱在某個角落很長一段時間了：在我的電腦硬碟裡、在某個網站的伺服器中、在一本詩刊的第85頁、在某位讀者的記憶深處……。當我用黑色的仿宋體字將他們喚醒在文字編輯程式的頁面上時，他們發出春天的草葉般，簇新的氣息——然而那質地、那脈絡、那迎風

站立的姿態，卻明顯地屬於已經逝去的某個冬天。

再次輕聲誦讀，我仍然聽得見它們在我的腦海裡曲折碰撞後，所發出的陣陣回聲。只是在終於編排成集之後，我似乎已經準備好，任由那些回聲悄悄地從牆上剝落。

接下來呢？

輯一・深秋

目　次
contents

輯二・36

輯三・宿間

輯四・印象

輯五・日語

輯八・葉

輯九・甜的

深秋

輯　一

深秋，在回聲裡

意義！
一片秋天在我的擋風玻璃上死去
旋著螺絲的手停了下來
奴隸憶起主人的名

公路為橫越其上的另一條公路辯護
咽喉通往更多的咽喉
從加油站開始蔓延的血
在被領受的那一刻嚐到卑微

首次有人注意到
銅像眼裡無法閉上的恐懼
全市的學童在下課之後
胡亂踩過地上字跡尚存的紙片

播報員聽見了大量的回聲

什麼

什麼是蛇？
什麼是魔？

什麼樣靈巧的舌
爬行過臃腫的市集？
什麼樣乾枯的墨
隱身於陳舊的門牆？

我們排列符碼
畏懼著什麼樣的神？
我們解釋形象
容許著什麼樣的默？

你指縫間流過的奢
什麼時候能穿透
你掌心的捨？
你眼瞼下含著的寞
什麼時候會平靜

你眉間的磨？

而什麼是身？

什麼是沫？

機會

被歲月的指頭翻動的種子
因光滑而感到不安

鞋，不論好壞
都認命地擁抱某雙腳
行駛中的腳踏車
輕易地找到規律

彩券握著大量印刷的命運
墮入排隊者的夢
坐姿走進年老
天氣預報在臨睡前
一如往常被認真看待

遊客們手持相機
不假思索地提出片面的詮釋

進化（和你的喷泉）

振翅飛去的鴿群
使勁踏下的皮靴
統治者輕輕掀動的嘴角
開滿了整座體育場
誰讓鐵絲網捆綁的記憶
滲入初生的露水？

相片引來了士兵的手套
雕像的臉頰沾上了雪
疾馳而過的輪印
濺出一灘合法的詩句
高壓電線屏住呼吸
穿過酢漿草的墓園

噢，你那快乐的喷泉！
噢，你那跳跃的喷泉！
蝴蝶离去时的碎步
迷惑了野姜花的眼
梯田如彩虹般静卧
在你山谷里的睡眠

我几乎遗忘了的喷泉！
风几乎吹乱了的喷泉！
泥土路远远呼唤
炊烟生长的房舍
星辰隐没在一亩田里
轻触你暮色的琴弦

紐約

風景是不斷擦身而過的黑
車門般逐一關上的眼神

龐大的耳鳴轟然林立
我們在下水道蓋的邊緣喘息

拍著碼頭的浪始終簇新
紀念品的氣味像船票般容易丟失

生鐵鑄成的紐約
在黎明之前
目睹著衰敗的釉彩在壁磚上

固執地獨居

陰影

陰影
彷彿青色的墨
刺在皮膚般
沒有血色的
水泥地上

考核的官員
胡亂嚥下
冰冷的鉛字
招手喚來
滂沱的陣雨

行人紛紛發現
號誌燈的
遲疑
城市陷入自己
汗溼的掌紋

解說員背對著
玻璃櫃的歷史
清晰覆誦條碼之間
細瑣的
空白

瞬間

攤開的心臟。閃光。猶跳動的哭嚎,穿透城市的冷靜的宣言。公車車窗上,清晨雨滴所劃下的憤恨。閃光。包紮傷痛的頭巾,緊緊抱著。閃光。閃光。緊抱著的背囊深不見底。所有的眼瞳在碎片之間擱淺。晴空之下。閃光。

警笛跟著響起。

紙箱

他忘了自己還在一場雨裡
一場水墨般，印在租屋廣告上
忘了時間的雨

夢裡他聽見刀鋒
冬季潮濕而年老
酸痛從貨櫃頂端劃下來
河岸的蔓草
有著世故的姿態

（是誰無端喚醒
床上折疊整齊的陽光？）

善意從禮拜堂的屋簷滴落
徘徊在出海口的鳥
順著灰藍色的預言滑翔
海風用默片的速度
捲著浪

（穿著筆挺的那人
在他面前扣下板機）

天，剛剛從噪音中亮起來

那口紙箱瞧見自己
一頁一頁打開之後的景況

河道

河道在冬天的城市裡
說不出流淚的理由

落葉輕易地被吹動
幾個星期之前飄落的話語
如紙片
偶爾擦出鏽蝕的聲音
鐵絲網綿延開展
青綠色的泡沫反覆囁嚅著一張
遙遠的臉

河道兩旁
混凝土的棋盤下滿了
無法移動
陌生的
子
他們以僅剩的眼光
憐憫彼此

以及高不可攀的建築物之間
說不出身分的
夕陽

城市閉上了眼
高壓電塔漸漸隱去

雨・no.1

他們以
整桶歷史的姿態
破碎在水泥稜角的臉上
沒有任何一聲驚呼
明天般模糊的
灰
便滲得更深了

他們在紅磚的縫隙間
趕路
那模樣，像潰散的軍隊
拔營時匆匆拋下
氤氳的夢

此刻，車潮靜止
如憤怒
他們使盡最後一點力氣敲打
計程車淌著鮮黃的血

再怎麼用力揮舞
也無法洗刷乾淨

這集體的朝生暮死
龐大如千年的信仰
仍不斷有人縱身
躍下

36

輯二

36

——給剛滿36歲的自己

最近常常夢見
被搜救的隊伍尋獲
在低空
沙礫般乾渴的雲層裡

摩天輪持續地轉動
卻總是攜不著
鬧聲喧譁的遊樂場

人們各自站在電梯的一角
享受那
社會化的下墜
那少許劑量的歡愉

36
錨一般靜臥的數字

努力練習跨欄的男孩
回頭瞥見
與夜學生的巨浪

最近，忙著

最近忙著
把樓下的空殼搬到樓上
一不小心便扭傷了回憶

牆上的影子
都還好吧？
每次見面都只是匆匆一瞥

陽台上
仙人掌努力斂著刺
雪依然靜靜地
死滅，昨天的煙蒂
蜷曲了
前年的折價券

許多鞋印留了下來
卻還是沒有
一路走過的線索

全敲過了
一整排關著的門

不存在，其一

在跳繩的過程當中
他憶起某張黑白照片裡
年輕時的祖父

形貌是一種傳遞中的韻律

他聽見繩子一遍一遍地
擊打著腳下的水泥地
想起家鄉山林裡突如其來的雷雨

鼻樑上有些汗水
但他還不想停下來將它們擦乾

他持續地上下跳著
彷彿螢光屏上
一抹健康的心律

不存在，其二

山路在他眼前
以四顆輪子咀嚼的速度
不斷地生長出來

放映中的膠卷
有許多熟悉的情節
燈光裡向後飛逝的對話
讓他幾度分了神

對面的來車蜿蜒著
意志般的鋼鐵

不曾見過的地名
以侯鳥的語言
從他的右頰冷冷地劃過

不存在，其三

試衣間的　　試衣間的
鏡子前　　鏡子前
他脫掉上一　他穿上還不
秒鐘的自己　熟悉的擁有
他意識到他是　他聞起來像
遊樂場裡唯一　剛倒進塑膠杯裡
停止旋轉的　簇新的咖啡
木馬　他在
他焦急地四處　購物中心輕快的
張望，試圖　音樂裡
抬起腳　試圖保持熱度
卻只看到地上　卻無法不聽見
一枚赤裸的　逐漸冷卻的
齒輪　苦澀

煙火

你驚呼
天空的近
煙火的遠

天空在水晶球裡
飄起塑膠製成的雪片

去年走過我們的背脊
來到一條粉紅色的河流
所有頃刻間焚燒的
忙著綻開
像去年
花瓣落下的春天

所有的擁抱都帶著靜電
和下一季
相視的哆嗦

人們驚呼
我牽著你穿越路口
黑白分明的和弦

燈號熄滅

我的貓

我的貓分不清楚再見和晚安
我朝他揮揮手，關上房門
卻也弄不清楚自己在門裡或是門外

我的貓總在如廁之後奪門而去
留下感覺骯髒的我
像不敢直視對方的慣犯

我的貓不介意在我面前洗澡：
他用舌頭洗他執拗的手
用手背洗他不擅言辭的臉
他用全身的細毛
清理我遺落在生活每一處的渣滓

我寵我的貓——以我所有的孤單
我走進家門時
他也必定以一整日的寂寞來迎接我
有時我忘情地放聲

詩人般吟唱起他的名
他只是把自己埋在不曾眨動的
兩口深井裡
提醒著我聽不見回聲的幽暗

洗臉台的鏡子前
他仔細地檢查模樣相仿的自己
我的貓
是否誤以為找到了同伴？

辯解

有人正描著我的輪廓。

那手持雕刻刀的，來自喉嚨裡的聲音，正逐字逐句地將你所理解的——或我所理解的我，從淺黃色的牆上整片切割下來。

穿過繁忙的十字路口，有人正讀著我橫臥的輪廓。

Ode to You

── 給 Pablo Neruda

你說起一片花瓣
你說起海
詩句般的久遠
瓢蟲和雨的光澤

你一再提醒著我
像聰明的孩子
使勁拉扯明天的衣袖
去看聖保羅的鮮綠
去看斯德哥爾摩的鉛藍
在結霧的窗玻璃前
發現素描簿上
炭筆沙沙的孤獨

於是我開始認識時間
於是我也一一穿過

它悄然曲折的稜鏡
像雲的影子穿過麥田

你張開熟睡的手掌
你張開還在沉思的船帆
麻雀拍動翅膀離去

世界感覺到了
文字的體溫

年華

白天在　吶喊之
後漸漸脫落
了

一

滴　一

滴

堆
積著那
沉重的紅日和磨
損的鐘聲都各自
找到了地方孤獨
男孩仍奮力地騎
著單車是否還有
轉過身的可能而
遠方依然空曠著

宿間

輯三

宿間風景

剛落腳的旅人向著一團火
飢餓才掛上牆，正晾著

四周只剩冰封的湖泊
關於盡頭的寓言業已砍伐殆盡

他問我錯過了什麼
定格的風景吧，我隨口回答
並不清楚該將什麼錯過

紙牌遊戲裡我們翻過彼此的臉孔
偶爾，總有一雙手將命運混合
再一張張扔在桌上

不遠處有座水庫呢，他說
深不可測
但確實存在著

兩萬年前在此地倒下的一棵針葉樹
風化至今
沉睡的渴望

暖氣忽然開始運轉

空間

1.

被來自遠處的車燈
擦破的黑暗
淌下了記憶般質地的血

2.

影子無聲地斷
折在牆角
淡淡的，看不出憂傷

3.

言語不停地咬嚙著空氣
偌大的下午
浮起了
不安的屑

4.

　　兩隻椅子在等待中
　　聽著灑進來的陽光被地面
　　壓碎

女孩和她的單車

女孩和她的單車
在每個清晨走過牆上瑟縮的塗鴉

女孩和中午的學生餐廳
在往來的輪廓之間
著上建築物稜角分明的顏色

煙草般捲著
某個冬夜的觸感
在走廊的那一端悄悄釋放
便條紙上認真寫過的幾個字
不覺間留下了印痕

成堆的書本旁
女孩拼湊著描繪未來的碎片
一地的陽光回憶起
旅程中紛紛穿越的雪

來自遠方的問候聲
撥動了她的瀏海

光之臨摹

【杯緣】

輕音樂般沒有痕跡的
唇的觸感
在穿過激盪的清水之後
頓失了牽掛

【遊絲】

花一整天找尋的目的地
全浸泡在噪音裡
索性
在沉浮之間
掂著靜默的重量

【車燈】

排著隊的人們吐著霧氣
某根煙燃亮了片刻
偶爾，一雙眼和我匆匆交會
四周才暫時清楚了些

【倒影】

每一枚銅板都沉到了池底
像戛然結束的對話
我的蒼白是漂流的紙
在綯褶經過時失聲笑了出來

同伴

那隻螞蟻為什麼拖著同伴
萎縮了的屍體？
我還在想
但沒有等到牆角
男孩便捏起了他們

一整個冬天
蹺蹺板倒向不說話的那一邊

男孩將遊樂器打開
我的雙手沾滿了
鞦韆的鐵鏽

他們在陷進
流沙之前
一個個都還揮著手
是誰先開始的呢？

晚飯的時候
男孩的父親起身
將電視「刷」地一聲關掉

我在經過的人物面前
拼命地按著X鍵

長途飛行之一二

1. 打開

報紙打開了長夜
滿艙的乘客打開了沉默
瓶蓋打開了空服員的下一句話
汩汩流進塑膠杯裡

在冰塊的縫隙之間
收縮

2. 關上

電影關上了對白
熄了燈的黑暗關上星空
盥洗室的門關上了鏡子前的臉
硬生生被沖進馬桶裡

在不知名的城鎮之上
靜止

上海，2008年7月

所有看起來假的
都是真的：

他從早餐店的
女人手中接過
三枚銅板，卻讓其中一枚
鏗鏘地擊中七月初
油膩的磁磚；

所有準時到達的
都還是遲了：

他心念一轉
搭上相反方向的列車
女孩的嘴朝向男孩
的側臉，男孩的眼朝向他
後腦光滑的映像；

懸掛在悶熱的城市某處
巨幅的藝術作品提醒了他：

用方言說出的話所能夠
描述的摩天
高樓
淡雅而
弦樂；但不遠處河灘外的天空
總是官方語言的——

他喚來侍者
揮去了薄薄一片西瓜所能夠
引來的蒼蠅：

所有嚐起來甜的
都不再是上一個世紀的

紙飛機

今天的溫度剛剛好
適合在桌子底下養貓
替磨好的咖啡豆澆水
觀賞衛星雲圖上
自明天奔來的暴風雨

被假日聘請的人
放不下手邊的工作
他的紙飛機
在早春裡略顯單薄
他的窗沿之外
散落一地
積木般的城鎮

他眺望的窗沿之外
純白
是很平凡的顏色

是一件洗熨

折疊，許多次之後

生活在櫃子裡的棉質襯衫

睜開眼醒來時的樣貌

今天早晨的溫度

平凡地剛剛好

他不住地顫抖

他依照紅綠燈的指示穿越謊言。
他的影子在偌大的草坪上被四周的建築物公開爭奪。
他選在適當的地點和歲月離婚，也許從此不再理會歲月。
他播放一段影片，在搖晃的船艙裡，在失去水分的海上，
一段鐵片般清晰的影片。

光從路燈的臉上，針一般地落下。
光從路燈的臉上，　　　針一般地落下。
光從路燈的臉上，　　　　　　　針一般地落下。

貓如常輕巧地躍上桌面，他不住地顫抖；
他不住地顫抖，身旁的人正剝開藥片的包裝。他不住地
顫抖，
並在相片的背後寫下幾個字——小心翼翼，深怕
劃破事件的表面般地。

咖啡渣

——請支持 Fair Trade 運動

我的早晨有了
來自你那裡的陽光
而安地斯山脈的高原上
正下著今年冬天的第一場雨嗎？

我所丟棄的
這一小片失了氣味的土壤
還飽含著都市的水分
但已經深黑如莊園的夜

不識字的手
年復一年地種植
枝葉般繁複的經濟法則
不諳英語的童顏
熟練地採收
叫不出名字的跨國資本
他們被裝箱，船運，

高溫烘烤，真空封存在
富裕且饑渴成癮的市場裡
他們被交換，交換，

他們被反覆地交換
直到每一個顆粒都被磨成了
更加微不足道的顆粒

這一小片
不再有剩餘價值的土壤
還承載著你木板搭成的家嗎？

印象

輯 四

印象::住宅

住宅建地裡的
外籍工人
在木條之間
安上
不斷消失的鋼釘

工人們倚在鷹架上
歇息
在二樓主臥室
朝街道這邊看的
窗框裡

印象::雜誌

她在午後一點
鄭重遞
給我的
雜誌
很容易懂
但很難回答

即使在一個乾淨的
禮拜天
儘管是習慣的問題
全國的電視機都還是
吃了一驚

印象::水果

女兵的母親
經營小而
雅致的中餐館
並持續地讓
清水
在甕裡流動

女兵日夜惦念的
水果
在我的掌上
留下被牙籤輕輕穿刺
的痛感

印象::白紙

從夏天搬
過來的
一疊白紙
工整地像
雪
悲傷得
騰不出一絲空隙

夏天在他們的眼前
堆積
並無心地哼起
繁華的歌

印象::佛堂

佛堂面向
一整片
多雨的停車場
和市區邊緣
落拓的樓房

停車場在
午夜
目送一些刻痕累累的輪子
和幾面清楚的
後視鏡
離去

印象::相機

男孩把相機對準
女孩
卻遲遲沒有
按下快門

百萬像素般
微笑的女孩
在窄小的
視野
裡
隨時有
離開的可能

印象::節日

紙餐盤溼透的
纖維之間
困頓著節日過後
濃重的飽
足感

對話帶著
鈍器
造成的傷口
在餐盤上方
來回盤旋

印象::籤條

籤條在我的皮夾裡
過了難捱的
一個冬天

關於冬天的預測
縐褶、缺角
像月曆上
隨手寫下的一個
名詞
簡單到
令人無法忘記

印象::醫生

說明了
他的病情之後
醫生在橫線之間
填入潦草的詩句

「病是極具感染力的隱喻」
他低下頭
醫生婚戒上的寶石
像一顆
做成了標本的內臟

回聲之書

日語

輯 五

日語練習

投手使勁揮出的左臂
沉入雨天的啤酒

（請遞給我芥末好嗎？）

魚唇拍動著
難以理解的泡沫

（今年春天很暖和。）

雄性的噪音
在鹽粒的包覆裡掙扎

（對不起，這個位子有人坐了。）

醋、薑片、漢字的
一捺
星期五傍晚的領帶

（洗手間在走廊盡頭的左手邊。）

每一種表情的穿透性

關於睡眠::誤入

我已不想再伸展雙臂
奮力泅泳

情願與水母為友
學習被洋流穿透的漂浮

誤入的島域，珊瑚正嬌媚

第三個交易日的傍晚

——給Stella §

她裸得
那麼金黃
想必引起過許多爭吵

想必引起了
小麥的波動
一個政權對
另一個政權的竊竊
私語

深綠色的高牆外
水珠重複前天的歷史
清澈地下滑

更多的藤蔓
加入無法分開的擁抱
更多的

銅幣
離開孩子的手
躺在許願池
鈣化的夢境底端

整條街的雨傘蠕動
一如叢生的菌

而她裸得
那麼像
撲上岩石的浪

§ Stella Artois，大賣場現正促銷的比利時啤酒。

關於睡眠::磨牙

早晨的牙套一如昨晚
平靜地描述著
我的齒痕

若不是牙醫的叮嚀
哪裡想像得到
它每夜承受著兩顎之間，什麼樣的悸動

炒飯

她裂開的靈感
也許來自於蛋殼

她裂開的聲響
也許適合描述閉眼的
衝動
在沒有工作的清晨
蜂鳥般地喚醒了
潛入熱鍋的蛋白質

植被所包覆的山脊
所包覆的硫磺所包覆
的水分所包覆的種子所
包覆的新芽所包覆的年輪
所包覆的雲霧所深深包覆的閃　電

顫抖的末梢

她盯著沾滿水珠的蔥
略顯蒼白的
那一段
忽然想起某個疲倦的笑話

關於睡眠::鼾

列車——有——喚醒鐵軌——的——自由
銅管——有——激怒空氣——的——自由

渴求平靜——的——深潭
睜著——眼——聆聽
夏夜般——不斷殞落的——瀑布

四月

The fire will dwindle into glowing ashes,

For flames live such a little while.

I won't forget but I won't be lonely,

I'll remember April and smile.

　　　　——I'll remember April（Don Raye and Patricia Johnston）

雪在四月底意外地堆積起來
患了失憶症的塵埃並不特別浪漫

從一月到四月
一塊抹布被浸溼再擰乾再浸溼再
擰乾
也沒有特別不浪漫

煞有介事地包裹著豐腴的內裡
一群葡萄柚顯得格外優雅

你說春天了是時候了放太久了
不是嗎他們
為什麼不相擁
在潔白的流理台上把彼此剝開

小喇叭讓我想起上一場雪融化時
脫下毛衣的靜電

小喇叭終究適合獨自飲酒的人罷

那必定是為什麼他們只留下
小費和煙蒂
而讓滿屋子的昏暗
全沾在Chet Baker灰色的西裝外套上

或許那也是為什麼
曲著指頭的貝斯手如酒保般木訥

詩不過便是情緒塗上厚厚的亂碼呀
你說，用隔夜剩菜和進口乳酪做成的三明治
不是嗎

我將油膩的盤子堆進水槽
在從四月醒來的路上

關於睡眠::枕

有些時候，我讓她面對我的側臉
有些時候，我讓她面對我腦後不羈的髮

有些時候，我以雙手環抱她
她亦彎著身軀
悄悄地接納我的淚

Puzzle pieces

I am still ignorant
about how you were made,
how you were
cut out
in a winding way.
I am ignorant about
the other pieces
that used to
lie closely to you.

I don't know either
how you were
left
in my mailbox,
like a postcard that accommodates
only a few sentences.
Your silhouette is an eyebrow
in laughter,

a thin shoreline;

quiet, yet

waving whole-heartedly.

Should I try to fit you

in a

void

that happens to have

a similar shape ?

Like you, I am just

a piece that fell

off

hastily

from some picture.

Before I am found,

all that I can tell you are

incomplete stories.

And do you,

like me,

also feel the rough

under the

glossy appearance ?

關於睡眠::輾轉

百葉窗的縫隙裡
飄來城市
滋滋作響的夜

一條失了鱗片的魚
徒然張著嘴，在平底鍋上
艱難地翻身

悔

輯 六

悔

心心心心心心心心心心心心心
心心心心心心心心心心心心心
心心心心心心心心心心心心
心心心心心心心心心心心心
心心心心心心心心心心
心心心心心心心心心
心心心心心心心心
心心心心心心心人
心心心心心心
心心心心心心
心心心心
心心心
心心
心

母

等

竹竹竹竹竹竹竹竹竹竹竹
竹竹竹竹竹竹竹竹竹竹竹
竹竹竹竹竹竹竹竹竹竹竹
竹竹寺竹竹竹竹竹竹竹
竹竹竹　竹竹竹竹竹竹
竹竹竹竹　竹竹竹竹竹
竹竹竹竹竹　竹竹竹竹
竹竹竹竹竹竹　竹竹竹
竹竹竹竹竹竹　竹竹竹
竹竹竹竹竹　竹竹竹竹
竹竹竹竹竹　竹竹竹竹
竹竹竹　竹竹竹竹竹竹
竹竹竹　竹竹竹竹竹竹
竹竹竹竹　竹竹竹竹竹
竹竹竹竹　竹竹竹竹竹
竹竹竹竹竹　竹竹竹竹
竹竹竹竹竹竹　竹竹竹
竹竹竹竹竹竹竹　竹竹
竹竹竹竹竹竹竹　竹竹
竹竹竹竹竹竹　竹竹竹
竹竹竹竹竹　竹竹竹
竹竹竹竹　　竹竹竹
竹竹竹竹　　竹竹竹
竹竹竹　　　竹竹竹
竹竹　　　竹竹竹竹竹

錢

戈戈戈戈戈戈戈戈戈戈戈戈戈戈戈戈戈戈戈戈
戈戈戈戈戈戈戈戈戈戈戈戈戈戈戈戈戈戈戈戈
戈戈戈戈戈戈戈戈戈戈戈戈戈戈戈戈戈戈戈戈
戈戈戈戈戈戈戈戈戈戈戈戈戈戈戈戈戈戈戈戈
戈戈戈戈戈戈戈戈戈戈戈戈戈戈戈戈戈戈戈戈
戈戈戈戈戈戈戈戈戈戈戈戈戈戈戈戈戈戈戈戈
戈戈戈戈戈戈戈戈戈戈戈戈戈戈戈戈戈戈戈戈
戈戈戈戈戈戈戈戈戈戈戈戈戈戈戈戈戈戈戈戈
戈戈戈戈戈戈戈戈戈戈戈戈戈戈戈戈戈戈戈戈
戈戈戈戈戈戈戈戈戈戈戈戈戈戈戈戈戈戈戈戈
戈戈戈戈戈戈戈戈戈戈戈戈戈戈戈戈戈戈戈戈
戈戈戈戈戈戈戈戈戈戈戈戈戈戈戈戈戈戈戈戈
戈戈戈戈戈戈戈戈戈戈戈戈戈戈戈戈戈戈戈戈

金

戈戈戈戈戈戈戈戈戈戈戈戈戈戈戈戈戈戈戈戈
戈戈戈戈戈戈戈戈戈戈戈戈戈戈戈戈戈戈戈戈
戈戈戈戈戈戈戈戈戈戈戈戈戈戈戈戈戈戈戈戈
戈戈戈戈戈戈戈戈戈戈戈戈戈戈戈戈戈戈戈戈
戈戈戈戈戈戈戈戈戈戈戈戈戈戈戈戈戈戈戈戈
戈戈戈戈戈戈戈戈戈戈戈戈戈戈戈戈戈戈戈戈
戈戈戈戈戈戈戈戈戈戈戈戈戈戈戈戈戈戈戈戈
戈戈戈戈戈戈戈戈戈戈戈戈戈戈戈戈戈戈戈戈
戈戈戈戈戈戈戈戈戈戈戈戈戈戈戈戈戈戈戈戈
戈戈戈戈戈戈戈戈戈戈戈戈戈戈戈戈戈戈戈戈
戈戈戈戈戈戈戈戈戈戈戈戈戈戈戈戈戈戈戈戈
戈戈戈戈戈戈戈戈戈戈戈戈戈戈戈戈戈戈戈戈
戈戈戈戈戈戈戈戈戈戈戈戈戈戈戈戈戈戈戈戈

活

舌舌舌
舌舌舌舌舌舌舌
舌舌舌舌舌舌舌舌舌舌舌
舌舌舌舌舌舌舌舌舌舌舌舌舌
舌舌舌舌舌舌舌舌舌舌舌舌舌
舌舌舌舌舌舌舌舌舌舌舌舌舌舌舌
舌舌舌舌舌舌舌舌舌舌舌舌舌舌舌
舌舌舌舌舌舌舌舌舌舌舌舌舌舌舌舌舌
舌舌舌舌舌舌舌舌水舌舌舌舌舌舌舌舌
舌舌舌舌舌舌舌舌舌舌舌舌舌舌舌舌舌
舌舌舌舌舌舌舌舌舌舌舌舌舌舌舌
舌舌舌舌舌舌舌舌舌舌舌舌舌舌舌
舌舌舌舌舌舌舌舌舌舌舌舌舌
舌舌舌舌舌舌舌舌舌舌舌舌舌
舌舌舌舌舌舌舌舌舌舌舌
舌舌舌舌舌舌舌
舌舌舌

雨，no.2

市

回聲之書

輯七

他背著

他背著他的父親在綿羊的
瞳孔裡終於看見了恐懼

消化::1

人們看著他把蘑菇切碎
用刀緣撥在一塊兒
切碎，再切碎，直到
滲出的水載著細屑四處漂流

人們看了好長一段時間
這當中他已經陸續
剝去了豌豆的外皮
刮盡了鯉魚全身的鱗片
搗爛了泛著淡青色的蒜
並骨碌碌地往鍋裡的清水倒著醬油

他毫不猶豫地舞動鍋鏟
紛紛的議論裡
人們聽見坦克車駛過沙漠的聲音

一小塊澄黃色的金屬

一小塊澄黃色的金屬在一九四四年的冬天被送上了歐洲戰場的前線。兩個星期之前它還在北美的底特律市，在白雪覆蓋的工廠裡被龐大的機械擠壓、捲曲、充填。它和其他一小塊一小塊也是澄黃色的金屬挨在一方小紙盒裡，在前線，在比利時某個城鎮上空的烽煙裡，下墜。

一隻沾著泥土和血污的手從小紙盒裡拾起了它。那隻手將它填入一根冗長而黝黑的管狀金屬。轟然巨響裡它被推送出金屬管；冗長而黝黑的通道外是刺眼的白雪，刺眼的藍天。無法避免地，它鑽進了一隻同樣沾著泥土和血污的手，撕裂了包覆在那之外的兩三層纖維。幾分鐘之後一小片蒼白而鋒利的金屬將它挖掘出來。同樣沾上了泥土和血污的它被匆忙丟棄在冰封的街道邊緣。

一個孩子在兩天後拾起了它。孩子將它帶回家，仔細地清洗。它的身軀有著無法回復的變形。但起碼那澄黃

色的表面已經聞不到血的氣味。它被安放在一小方木片上，整齊地排列在其他同樣身軀變形的一小塊一小塊，也是澄黃色的金屬之間。在偶爾劇烈震動的窗前。

消化::2

賭場左近的餐廳裡
眾多的牙齒相互猛烈撞擊
舌頭來去穿梭如魚群
唾液鉅細靡遺地
包裹已然難以辨識的黏膩

笑聲從某一根食道裡擴散開來
波及我們仍然飢餓的潛意識
也波及了運轉不息
從天花板靜靜垂下的吊扇
所有的脊椎末端
都感到了一絲難耐的騷動

許多隻龍蝦的殼同時被敲碎

選民

他們從巷弄裡走出來

　旗幟都沙啞了
　文字滿佈著血絲

他們從市場裡走出來

　零落飛散的硝煙裡
　沒有人看得清鞭炮的傷痛

他們從辦公室裡走出來

　一大片油墨模糊著
　越來越相像的數字

他們從車站裡走出來

　磨利了的黑夜

開始習慣過量的燈光

他們走回公寓裡去

　詞窮的政客
　仍奮力辯護著一台台電視

他們走回教室裡去

　昨夜舞台上的淚
　殘留在今天滿檔的行程

他們走回廚房裡去

　卸下的布條
　始終無法撲滅宣傳車上的火

他們走回彼此的臉龐裡去

　裂了一道口子的票匭
　無聲吞嚥著
　一枚枚不起眼的藥丸

消化::3

根據那天的報紙
數萬名叛軍在藏匿的大樓中
自行腐化而死
政府官員的說詞經化驗顯示
與罹難者胃壁採樣吻合
市區下水道的阻塞狀況
在抗議群眾集體中毒之後
明顯獲得改善

那天的報紙在一個星期之後看來
似乎薄了一點
鉛字的稜角也消磨了幾分
也許是真的倦了——
影劇版裡美麗的身體
多半沒什麼食慾

今天

星期一
農婦繫著騾車和小麥
單兵穿透信紙和睡眠
鏡頭陳列獨裁者與死老鼠

天氣晴
拿口號埋葬頭條
拿群眾清洗紀念碑
拿擴音器複製歷史

下午四點半
一號候選人下跌兩個百分點
二號候選人漲停作收
政策成交總值為
兩千三百萬個四年

入夜以後
各地都有濃霧

癱瘓的車潮不得紓解
每一方泡過水的夢
還在折疊

消化::4

沒有人說得清楚
那一堆白色塑膠袋的命運
也不再有人爭論
週末結束前即將到來的卡車
會把它們運到什麼地方

這一次，沒來由地
我停下匆忙經過的腳步，蹲下身
費了一番工夫
把死結一個個打開

袋裡渙散的面容
還留著某種等待指認的表情

恨，no.2

敵
我敵敵我
敵我我我敵
敵敵我敵我敵
我我敵敵敵我我
我敵敵我我敵
敵敵我我敵我敵
我我敵敵敵我我
敵敵我敵我我敵敵
我我敵敵敵我敵我
敵敵我我我敵我
我敵我敵敵我
我敵敵我我
我我敵我
我敵我敵
我敵
我
敵

出口

陽光乾燥地刺穿————
樹葉・但沒有人 |
能奪門而逃・鷹 |
架繃緊著條紋帆 |
布・但沒有人能 |
奪門而逃・鏡頭 |
躍起・再重重踏 |
下・麥克風躍起 |
・再重重踏下・ |
石階深陷一如 |
百年後的齒 |
・但沒有 |
人能奪 |
門而 |
逃 |
————————————

葉

輯八

葉

恍如一枚
來不及看清地址的郵票
她飄落的
姿態
很接近冬天

而冬天站得
很遠
她明白
是某些葉脈般
分歧的理由
讓出走的貨輪
蟄伏在大洋泛著光的表面

折斷的鞋跟
在兒時的習字本上
畫下
傷口般深淺的一筆

唇色般鮮紅地離去

她聽見萬花筒
剪碎街道的聲音

聚

路口忽然間只剩
車燈的長度

蜿蜓的店招
未曾觸及
旅程中無法分辨清楚的部份

停車格依序標示著
限時甦醒的軀殼
小鎮的居民所賴以維生
木質的空氣
原來如油彩般易碎

時間播放著失去空間的音樂

我們的雙眼皮
輕輕接觸，又再次分開

方向

在地圖上放了把火
我們終於啟程出發

轉過身的同時
影子也學會了背叛

年輪看不見自己的原點
正如遠行的漣漪
註定了沉沒

那還微微發著光的宇宙

那還輕輕拉著細繩的氣球

CPR

——To happiness

Force your hunch of

rain

into my

mouth, will you?

Didn't they all

stick their tasteless

chewing gum

into its wrapping

paper, didn't they all

fill out the

form

with their black and blue

personal information?

Dampen my

lungs

with your anxiety

of getting lost.

A parking citation is

attached

under my eye lashes,

before the car can

start, you've almost

caught my intermittent

stuttering.

Therefore I really need

the weight

of your stare,

like letters written

on the blackboard

that cannot be

disobeyed,

shivering on the left of

my chest.

Please give me,

will you?

Please give me

continuous heavy punches,

Please give me

your tender

palms.

輯八 / 葉

Copying errors

Organisms don't plan for the long term. To the organism, mutations are simply copying errors.

——Geoffrey Miller

我的頭髮每週長半寸我的頭髮每週長半寸我的過去每週
長半寸我的頭髮每週長半寸我的眼皮每兩秒眨一下我的
焦慮每兩秒眨一下我的眼皮每一秒眨兩下我的眼皮每兩
秒眨一下我每二十秒吞一次口水我每說一個謊吞一次口
水我每二十秒吞一次口水我每二十秒吞一次懊悔我進食
後五個小時再度感到飢餓我進食後五個小時再度感到空
虛我空虛後兩個小時再度感到飢餓我飢餓後五個小時再
度開始進食我泡在水裡十分鐘後手指浮起縐褶我泡在快
樂裡十分鐘後手指浮起縐褶我泡在水裡十分鐘後手指浮
起疑惑我泡在疑惑裡十分鐘後手指浮起縐褶我喝到第四
罐啤酒時開始變得多話我打到第四個哆嗦時開始喝起啤
酒我喝到第四罐啤酒時開始變得多話我嚐到第四種淡漠
時開始變得多心我重複一句話六次之後舌頭開始打結我
重複一句話六次之後舌頭開始打結我重複，重複

一句話六次之後舌頭開始打結我重複一句話六次之後舌
頭開始厭倦

彩霞

不就是人們所熟知的：
清晨的印刷體
午間的煙塵
退休後的鉛字

替羅列的想法澆水
與沒出門的道路閒話
聽著兒童在龐大的回聲裡
飛奔而過

從淚滴般的燈泡外頭
窺伺一根絲線的白晝與黑夜

表演者在廣場一角
拋著幾支褪色的火把
翻飛的彩霞映在他的眼裡
輕輕刺痛著

拍

提琴家忘記了他的左腳
鞋底和木質舞台
從此再也沒有顧忌
兩百年前，在維也納的一間公寓裡
來回踱步的人
聽見右耳傳來蝴蝶振翅的聲音
才顫抖著
寫下最後幾個小節
你看見海浪
每分每秒的破碎
週末的下午卻如鐘擺般悠長
你潛入保存至今
未曾遭到破壞的結構深處
那裡還有鯨魚
緩慢的
心
跳

而他們轟然站起
此刻，在沿海的某個城市裡
必定有人匆忙走下一長串水泥的階梯
他們忘情地鼓動雙掌
於是你也跟上了
文明所不斷複製的節
拍

沾上

噴泉沾
上的煤
礦流經
過旅行
沾上的
輪機葉
片流經
過羽
毛沾
上的
棉質
濾嘴
流經
過睡
眠
裡
仍
敏
感
的
你和我所沾上刺鼻的他

甜
的

輯 九

甜的素描

你怎麼如此殷紅地
煽動著全世界
你怎麼感染著我們神經質的
齒
還一邊
微笑著說謊
在金屬的思維面前
包裝紙
不停地咳
嗽
不停地彎腰
任衛星空照圖上流瀉成巴洛克式的狂喜
和免不了的淤積：
淤積了眼
淤積了舌頭
淤積了橡木桶
並索性填飽了星夜
關於流質的諸多想像

擁有

終於曝光的白色
擁有整個房間

空蕩的停車場
目睹看守者的遺棄
疾馳而過的說詞
留下燈火通明的胎痕

連日來的風雨
穿透深黑的森林
打溼了掌管柴薪的職員
河流遙遠地躺在
某條孱弱的國境線上

春天被兌換成
等值的其他季節
燭光繼續支付著饗宴

一群鴿子的項頸
看盡城市零碎的天際

界限仍然擁有
對於下一道界限的解釋權

台北

我們縱容
害怕落單的影子
在滿佈詞語的街上走著鋼索

從商販手中接過的舊鈔
疲憊不堪
所幸仍然保有
表面的價值

過高的大樓獨自試探著
天空的情緒
伸著脖子質問的人
緊緊掐住低聲祈禱的手指頭

狂歡吧！

被廣告看板買下的交通標誌
正展示著一身

光鮮的油彩

晨曦總會提醒我們遺忘

鋸子

按著偏執的厚度
我們咬緊彼此
　　（我以我收不回的齒）
　　（你以你放不開的肌理）
兩堵沉默深深鎖著小巷
暴雨之中，才驚覺：
　　（我原是個只懂單音的提琴手）
　　（而你是傾耳聆聽的共犯）
過去確是死了罷
過去尋著刻痕而來
　　（肉身的粉碎）
　　（失去觸覺的指）
未來還活著麼
未來追著前路而去
　　（晴空在閃電過後斷裂）
　　（老樹因為完好而孤寂）

懸

他聽見
一則簡訊
憑空誕生
那時，四處
飄揚的
孢子
還沒融化成
隔年春天的溪水
雨刷剛剛
劃過
旅程的表面

他任由飛
掠的蝴蝶
乾燥成一張
薄薄的
紙
在微微顫動的

塑膠
植物旁
平靜地抵抗
影印機
刺眼的記憶

城市裡許多地方
橘黃色的機具正
拆除著
遺忘所賴以
攀
附的牆
海浪帶著
年幼的泡沫
抵達齲齒般的岩岸

他聽見一則留言
在按鍵
刪除後消亡
繞著
圈子的飛蟲
歡愉在

標
示著緊
急出口的
燈箱前

灰燼

他們在世界的眼淚裡逃

（還要許久許久，那些灰燼才會全部落下）

世界在逃出的記載裡變形

（還要許久許久，那些落下的灰燼才能夠結痂）

春天的來臨讓雨水變得焦躁

年幼的僧侶吃力地扶起歪斜的牆

稻田再度長出微弱的米粒

（身著西裝的那個人，不願排除戰爭的可能性）

米粒成群地被剝去難堪的外殼

（身著西裝的那個人，不曾在戰爭的可能性裡受過傷）

溼熱的歌謠吹拂著渾濁的河

高聳的旗桿斷成一截截臂膀

浮世

旗幟鼓動著
不擅言辭的橋
這季節性的荒謬
因此插上了繽紛的註腳

即將來臨的風雨
在行人的腳步間
握緊了拳頭
衣履光鮮的模特兒
隔著櫥窗
爭相發表意見

言語沒有盡頭地下著
打濕了等待回收的瓶罐
廚餘因堆積如山
而沾沾自喜
僅剩的天空在大樓之間被草草分食

收集苦難的人
不再過問丟棄的意義

房

茶更濃了
苦澀著燈管一整晚的沉浮

房裡的人如指頭般枯黃
他們放不下的灰燼
在被抖落之前
仍勉力維持著筆直的模樣

風雨帶來更尖銳的蒼白
交談聲在彼此面前
結起了霧
油漬徒勞地描繪菜餚的印象
幾根筷子停了下來

留在門把上的指紋
終於嘗到了無法逃離的滋味

苦的素描

昨夜凌晨四時
一根針沒入了快速道路旁
沒有面貌的湖心
道路突然間憶起
終日連接的市鎮和郊區
才稍微理解了日暮
難以描述的失明
此刻
一朵朵漣漪
在雨刷和玻璃之間綻放
剛啟齒的
卻又紛紛落在草葉上
睜著眼聆聽：
聆聽著月
聆聽著餘燼
聆聽著號誌燈
透過依然柔軟的標本
在蒼白的自己裡
辨別出黎明

回聲之書

負離子的創作志向及其實踐

　　1972・出生於桃園中壢。父親是碩士剛畢業，正力爭上游的電機工程師。母親是高職的珠算老師。出生後數年，舉家遷居台北。

　　1988・高二的作文課上，老師出了一個開放性的作文題目。因為一時不知道該如何下筆，索性（以自來墨水毛筆）寫下了一個關於少男情懷，瞎編的故事。一個星期之後，拿回批改過後的作文簿，才意識到自己剛剛寫下了人生的第一篇小說。

　　1989・在究竟該選擇文組或是理組之間痛苦地掙扎。最後在考慮家人的期待以及張系國先生的先例之後，決定選擇後者。

　　1990・進入台大機械系就讀。幾個月之後，加入「清議學會」，一個研究文史哲藝相關課題的讀書性社團。結識了一群同樣不務正業的朋友，開始了往後四年組織讀書會、編輯社刊、辦書展等不務正業的活動。

　　同年，立志：在二十歲以前一定要得到一個主要文學獎的小說獎。

1990、1991‧修習張小虹教授的「大一英文」及「性別與電影研究」課程。對於文學批評理論、戲劇理論、電影研究及女性主義有了啟蒙性的認識。自此常常溜到中央圖書館或是文學院圖書館去啃那些自己其實讀不太懂的文學書籍。

1992‧過了二十歲，並沒有達成前述的志向。同時，對於機械系的許多課程感到厭惡。有一次經過文學院前，忽然沒來由地用公共電話（是的，那時還沒有正常人擁有「手機」這種東西）打給正在上班的父親：「我現在在文學院門口──我受不了了──我要馬上進去提出申請轉外文系。」父親出乎意料地支持。掛上電話，意識到自己已經淚流滿面。然而不知道為什麼，竟不再覺得轉不轉系有那麼重要。

1993‧開始有極短篇小說在報紙副刊上發表。同年，終於在機械設計的領域找到興趣。

同年，立志：在二十五歲以前希望能得到一個主要文學獎的小說獎。

1994‧大學畢業，隨後進入國防部新店監獄服兵役。在監獄的期間，認識了往後一生信賴的朋友，並目睹了許許多多與我順遂的生活際遇截然不同的故事。

1995‧獲得中國時報某徵文比賽的社會組佳作，並特地抽空離開部隊，跑到大理街去跟所有得獎者拍了張模糊的大

合照。母親至今仍將獎狀掛在台北家裡的牆上。

同年，在好友的介紹下知道了剛剛誕生不久的網際網路。我還記得他第一個展示給我看的網站：www.playboy.com。

1996．退伍。幾個禮拜之後搬到美國密西根州安娜堡市，開始了影響我一生至為深遠的留學生活。

1997．過了二十五歲，並沒有達成前述的志向。同時，深深感覺到必須開始在專業上努力經營，否則將一事無成，並辜負了為我擔負昂貴學費的父母。自此的四五年內，即使有零星的創作慾望在腦中騷動，卻怎麼樣也寫不出任何像樣的作品。

1998．立志：在三十歲以前，在文學創作上，也許達成某個小小的目標。

2000．獲得機械工程博士學位。隨即進入一家電腦輔助設計軟體公司，從事軟體開發的工作至今。

2002．過了三十歲，並沒有達成前述的志向。同時頗為痛苦地結束了一段三年的感情。接下來的數個月裡，試著以寫作的方式進行自我心理治療。在某個難以為繼的夜晚，突然以詩的形式寫下了一些心情。從此慣常為詩的簡潔與強大感染力所震懾。

2003‧開始以「負離子」為筆名將詩作在個人網站上發表。同年，在詩人蘇紹連的介紹下，開始積極參與吹鼓吹詩論壇。從此認識了許許多多優秀的文學創作者（在此不一一列舉），得到極為寶貴的切磋與交流。

2004‧以「意逢」為筆名，開始積極參與喜菡文學網論壇。

2005‧開始有詩作定期在各詩刊上發表。

同年，收下了朋友因故不能再養的，名叫Oreo的貓。從此生活中多了一個同樣慣常感到孤獨的伴。

2006‧離開居住十年的安娜堡，遷居加州洛杉磯。欣喜於國際大都會裡世界級的美術館與藝文活動。

2007‧立志：「在無可避免的巨大庸俗中沉浮，並試著發出微弱的光。以拍照存證的心境從事詩創作，用藝術化的文字呈現最容易辨識的平凡。」同年，在長輩的介紹下，認識了未來的妻子，同樣疼愛Oreo的方美盈小姐。

2009‧與方美盈小姐在台北結婚。同年，應蘇紹連之邀，為其詩集《私立小詩院》撰寫評論。

同年，應蘇紹連之邀，參與《台灣詩學吹鼓吹詩人叢書》出版計畫，出版詩集《回聲之書》。

國家圖書館出版品預行編目

回聲之書 / 負離子著. -- 一版. -- 臺北市：
　　秀威資訊科技，2009.12
　　　　面；　　公分. -- (語言文學類；PG0315
　　吹鼓吹詩人叢書；2)
　　BOD版
　　ISBN 978-986-221-345-2 (平裝)

851.486　　　　　　　　　　　　98020861

語言文學類　　PG0315

吹鼓吹詩人叢書02
回聲之書

作　　　　者 / 負離子
主　　　　編 / 蘇紹連
發　行　　人 / 宋政坤
執　行　編　輯 / 黃姣潔
圖　文　排　版 / 蘇書蓉
封　面　設　計 / 陳佩蓉
數　位　轉　譯 / 徐真玉　沈裕閔
圖　書　銷　售 / 林怡君
法　律　顧　問 / 毛國樑　律師
出　版　印　製 / 秀威資訊科技股份有限公司
　　　　　　　　台北市內湖區瑞光路583巷25號1樓
　　　　　　　　電話：02-2657-9211　　傳真：02-2657-9106
　　　　　　　　E-mail：service@showwe.com.tw
經　　銷　　商 / 紅螞蟻圖書有限公司
　　　　　　　　台北市內湖區舊宗路二段121巷28、32號4樓
　　　　　　　　電話：02-2795-3656　　傳真：02-2795-4100
　　　　　　　　http://www.e-redant.com

2009 年 12 月　BOD 一版
定價：200 元

讀　者　回　函　卡

感謝您購買本書，為提升服務品質，煩請填寫以下問卷，收到您的寶貴意見後，我們會仔細收藏記錄並回贈紀念品，謝謝！

1. 您購買的書名：＿＿＿＿＿＿＿＿＿＿＿＿＿＿＿＿

2. 您從何得知本書的消息？

　　□網路書店　　□部落格　　□資料庫搜尋　　□書訊　　□電子報　　□書店

　　□平面媒體　　□ 朋友推薦　　□網站推薦　□其他＿＿＿＿＿＿

3. 您對本書的評價：(請填代號　1.非常滿意 2.滿意 3.尚可 4.再改進)

　　封面設計＿＿　版面編排＿＿　內容＿＿　文/譯筆＿＿　價格＿＿

4. 讀完書後您覺得：

　　□很有收獲　□有收獲　□收獲不多　□沒收獲

5. 您會推薦本書給朋友嗎？

　　□會　□不會，為什麼？＿＿＿＿＿＿＿＿＿＿＿＿＿＿＿

6. 其他寶貴的意見：＿＿＿＿＿＿＿＿＿＿＿＿＿＿＿＿＿

＿＿＿＿＿＿＿＿＿＿＿＿＿＿＿＿＿＿＿＿＿＿＿＿＿

＿＿＿＿＿＿＿＿＿＿＿＿＿＿＿＿＿＿＿＿＿＿＿＿＿

＿＿＿＿＿＿＿＿＿＿＿＿＿＿＿＿＿＿＿＿＿＿＿＿＿

讀者基本資料

姓名：＿＿＿＿＿＿＿＿＿　年齡：＿＿＿　性別：□女 □男

聯絡電話：＿＿＿＿＿＿＿＿　E-mail：＿＿＿＿＿＿＿＿＿

地址：＿＿＿＿＿＿＿＿＿＿＿＿＿＿＿＿＿＿＿＿＿＿＿

學歷：□高中(含)以下　　□高中　　□專科學校　　□大學

　　　□研究所(含)以上 □其他＿＿＿＿＿＿＿＿

職業：□製造業 □金融業 □資訊業 □軍警 □傳播業 □自由業

　　　□服務業 □公務員 □教職　□學生 □其他＿＿＿＿＿＿

To：114

台北市內湖區瑞光路 583 巷 25 號 1 樓

秀威資訊科技股份有限公司　　　收

寄件人姓名：

寄件人地址：□□□

(請沿線對摺寄回,謝謝!)

秀威與 BOD

BOD（Books On Demand）是數位出版的大趨勢,秀威資訊率先運用 POD 數位印刷設備來生產書籍,並提供作者全程數位出版服務,致使書籍產銷零庫存,知識傳承不絕版,目前已開闢以下書系：

一、BOD 學術著作——專業論述的閱讀延伸
二、BOD 個人著作——分享生命的心路歷程
三、BOD 旅遊著作——個人深度旅遊文學創作
四、BOD 大陸學者——大陸專業學者學術出版
五、POD 獨家經銷——數位產製的代發行書籍

BOD 秀威網路書店：www.showwe.com.tw
政府出版品網路書店：www.govbooks.com.tw

永不絕版的故事・自己寫・永不休止的音符・自己唱